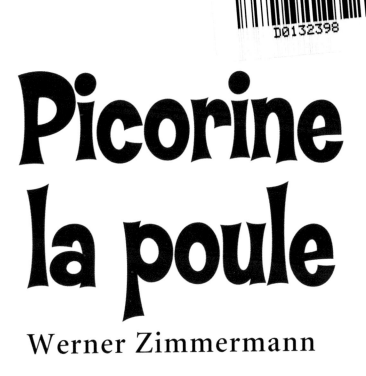

Picorine la poule

Werner Zimmermann

Texte français de Christiane Duchesne

Je peux lire! — Niveau 2

Éditions
SCHOLASTIC

Les illustrations ont été réalisées
à l'aquarelle et au crayon.

Catalogage avant publication de Bibliothèque et Archives Canada
Zimmermann, H. Werner (Heinz Werner), 1951-
Picorine la poule / Werner Zimmermann ;
traduction de Christiane Duchesne.

(Je peux lire!)
Traduction de: Henny Penny.
ISBN 978-1-4431-2434-8

I. Duchesne, Christiane, 1949- II. Titre. III. Collection: Je peux lire!.

PZ24.1.Z56Pic 2013   j398.24'5286   C2012-905860-2

Édition publiée par les Éditions Scholastic, 604, rue King Ouest, Toronto
(Ontario) M5V 1E1 CANADA.

6 5 4 3 2 1   Imprimé à Singapour 46   13 14 15 16 17

À Kathryn Cole,
qui empêchera toujours le ciel
de nous tomber sur la tête.
– W.Z.

Picorine la poule mange
tranquillement son maïs dans
la cour de la ferme, lorsque tout
à coup...

Ploc!... un gland lui tombe sur la tête.

— Oh! Par exemple! s'écrie-t-elle. Le ciel
tombe! Le ciel me tombe sur la tête!
Je dois vite aller le dire au roi.

Elle part donc, marche, marche,
marche et rencontre Philibus le coq.

— Bonjour Picorine, lance Philibus
le coq. Où vas-tu de ce pas?
— Le ciel me tombe sur la tête et je
dois vite aller le dire au roi, lui répond
Picorine.

— Ah! Je peux t'accompagner? demande
Philibus le coq.

— Mais bien sûr, lui dit Picorine la poule.

Ils partent donc, marchent, marchent,
marchent et rencontrent Berthillon le canard.

— Bonjour Picorine, bonjour Philibus,
dit Berthillon le canard. Où allez-vous
de ce pas?

— Le ciel nous tombe sur la tête et
nous allons vite le dire au roi, répondent
Picorine la poule et Philibus le coq.

— Ah! Je peux vous
accompagner? demande
Berthillon le canard.
— Mais bien sûr, lui disent
Picorine la poule et Philibus
le coq.

Ils partent donc, marchent, marchent,
marchent et rencontrent Nana l'oie.
— Bonjour Picorine, bonjour Philibus,
bonjour Berthillon, dit Nana l'oie.
Où allez-vous de ce pas?

— Le ciel nous tombe sur la tête et nous
allons vite le dire au roi, répondent Picorine
la poule, Philibus le coq et Berthillon le
canard.

— Ah! Je peux vous accompagner? demande
Nana l'oie.

— Mais bien sûr, lui disent Picorine la poule,
Philibus le coq et Berthillon le canard.

Ils partent donc, marchent, marchent, marchent et rencontrent Éric le dindon.

— Bonjour Picorine, bonjour Philibus,
bonjour Berthillon, bonjour Nana, dit
Éric le dindon. Où allez-vous de ce pas?

— Le ciel nous tombe sur la tête et nous
allons vite le dire au roi, répondent Picorine
la poule, Philibus le coq, Berthillon le
canard et Nana l'oie.

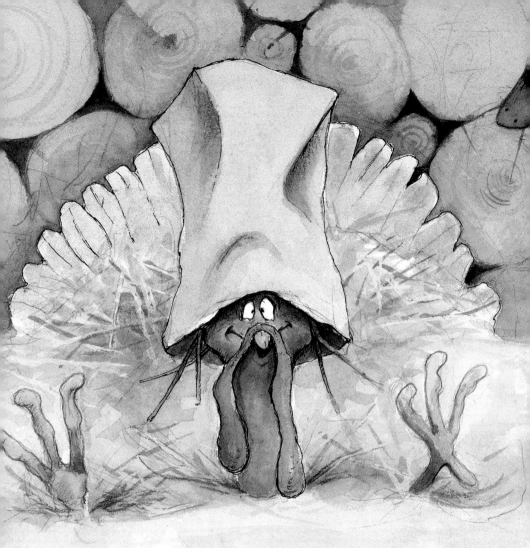

— Ah! Je peux vous accompagner? demande
Éric le dindon.

— Mais bien sûr, lui disent Picorine la poule,
Philibus le coq, Berthillon le canard et
Nana l'oie.

Ils partent donc, marchent, marchent,

marchent et rencontrent Gropius le renard.

— Je vous salue, Picorine la poule,
Philibus le coq, Berthillon le canard,
Nana l'oie et Éric le dindon, dit Gropius.
Où allez-vous de ce pas?

— Le ciel nous tombe sur la tête et nous allons vite le dire au roi, répondent Picorine la poule, Philibus le coq, Berthillon le canard, Nana l'oie et Éric le dindon.

— Vous n'arriverez
jamais à temps, leur
dit Gropius le renard.
Je vais vous indiquer
un raccourci. Suivez-moi.

— Mais bien sûr! s'exclament Picorine
la poule, Philibus le coq, Berthillon le
canard, Nana l'oie et Éric le dindon.
Et ils suivent Gropius le renard jusque
dans sa tanière.

On ne les a jamais plus revus, ni Picorine
la poule, ni Philibus le coq, ni Berthillon
le canard, ni Nana l'oie, ni Éric le dindon...

... et personne n'est jamais allé dire au
roi que le ciel allait lui tomber sur la tête.